KB260120

꿈은 가면을 쓰고

꿈은 가면을 쓰고
배경숙 시집

초판 인쇄 | 2013년 02월 15일
초판 발행 | 2013년 02월 20일

지은이 | 배경숙
펴낸이 | 신현운
펴낸곳 | 연인M&B
기   획 | 여인화
디자인 | 이희정
마케팅 | 박한동
등   록 | 2000년 3월 7일 제2-3037호
주   소 | 143-874 서울특별시 광진구 자양로 56(자양동 680-25) 2층
전   화 | (02)455-3987   팩스 | (02)3437-5975
홈주소 | www.yeoninmb.co.kr
이메일 | yeonin7@hanmail.net

값 8,000원

ISBN 978-89-6253-129-9 03810

꿈은 가면을 쓰고

배경숙 시집

연인푸른시선 015

어제도 오늘도 가면을 쓰는 꿈을 꾸었다
언제부터 시작되었는지
어디서부터 만들어졌는지
무엇 때문에 만들고 쓰기 시작했는지
형태와 재질에 따라 다른 용도로 나타났다 사라지곤 했다
즐겁고 기쁜 순간에도 다양한 형태의 가면은
언제나 불안과 걱정으로 휘몰아쳐 왔다
바로 내 속에 든 두려움 경이로움
가당찮은 욕구와 숨기고 싶은 치부도 거기 있었다
나를 괴롭혔던
다른 누구도 아닌 바로
나보다 더 나를 사랑하는 텅 빈 바람이
감정이 폭발하는 순간

연인 M&B

| 시인의 말 |

여덟 번째 시집을 묶으며

늘 써야 한다는 의무감(?)에 휘둘리면서도 허망과 회한과 자괴감에 가라앉는다. 그러나 쓴다는 작업에 몰두하고 있는 낮과 밤을 열심히 들여다보려고 많이도 흔들리고 또 차분해지기를 반복했다.

요 몇 해 동안은 주로 해외로 여행을 다녔다. 세계지도를 보며 길을 묻고 낯선 풍경과 언어를 버거워하면서도 다시 가방을 꾸리다 보니 지구를 몇 바퀴쯤 돌아온 셈이 되었다.

화두처럼 '어디서 무엇을 볼 것인가?' 그런 다음에는 '무엇을 어떻게 쓸 것인가?' 는 언제나 가슴을 짓눌렀고 후다닥 밖으로 나를 내몰기도 했다. 어쩌면 '돌아온다' 는 기대감과 새로움, 안정으로의 회기, 뭐 그런 것이 호기심과 무모함과 저돌적인 행보보다 더 환희로웠던 것 같기도 하다. 그 가열 찬 에너지는 심장을 뛰게 하고 내게 글을 쓰는 원동력이 되어 주었음에 틀림이 없다.

　이번 시집에서는 되도록이면 여행 시는 배재했다. 먼저 여행서로 묶을 계획이었지만 도무지 진척이 없어 나의 도저한 게으름과 도무지 시원한 재능이 따라 주지 않음을 한탄하고 있을 따름이다.

　계절의 변화도 풀꽃의 개화도 자연의 순례에서 벗어나지 못하는 우리네 인간살이도 너무나 경이롭다. 어눌했던 삶의 고비도 묵혀 두었던 이야기도 새로운 만남도 나로부터의 출발이며 나로 인한 빛이라는 생각을 해 본다.

　시간이 모든 것을 녹여 준 이즈음 삶을 극대화할 상처나 번뇌도 없다. 그렇다고 사라지듯 주저앉을 터수는 더욱 아니지 않은가! '이제 또다시 파고를 타고 망망대해로 나아가야 할 것인가?' 매일 질문을 던지고 있다.

2013. 2

배경숙

제1부

봄날은 간다

봄날은 간다

우리 삶은 늘 멈칫거린다
몇 날 몇 밤의 더운 피를 순순히 받아들인 이곳에서
별들이 찾던 꽃향기는 언제부터 희미해진 것일까
영원히 퇴락하지 않을 것 같던 꽃들이
아름다운 노래를 버리고 무심히 어딘가로 달려가고 있다
당신의 가슴으로 빨아들인 저 꽃잎들의 행진은
언뜻언뜻 이 시리게 부서져 내리는 허무한 포옹일 뿐인가
잘 가라, 미소보다 희고 보드라운 시간들
온몸으로 부닥치며 담아 빛나던 당신의 눈은
껴안은 팔에서 마침내 숨을 끊은 꽃들의 부신 웃음으로
내일은 또 봄비가 내릴 것이라 속살거린다
다시 또 몇 천년이 눈을 감아 이 길에 설 것인가
당신의 가슴에 박힌 지상의 별자리를 찾아
잎들이 마지막 빛을, 희미한 슬픔을 내리고 있다
파란 같은 세찬 바람 사이로 당신의 입술이 잠시 떨리는 듯
하지만
이제 곧 초록의 불길이
불타는 기쁨으로 세상을 뒤덮을 것이므로

봄을 피우다

바람이 불 때마다 새잎까지 뒤집어
수십 송이 꽃들이 목을 세운다
수많은 옹이와 매듭으로 이어진 까마득한 꿈들도
따사로운 햇살이 들르는 나뭇가지나
한낮의 팽팽한 고요와 부딪다가
그 어디든 침투해 내려앉거나 날아가기도 하면서
어둡고 습한 공허나 허망이 깨어나 행진하는 속성이란
지상의 어느 곳에도 없다
절대 추한 모습으로 분열하지 않는다는
자유로운 형상이니 활기가 넘쳐야 한다는
황홀한 하늘이 창가를 찾아온다
모든 아름다운 것들은 봄볕의 부력으로 붕 떠오른다
오롯이 주제넘은 믿음 덕분에 욕심껏
나는 현기증이 난다

경화역

철로를 따라 늘어선 벚꽃을 역사도 없는 경화역이 반긴다
행사 기간에만 표를 파는 임시 매표소가 있는
초라한 간이역이지만
이곳의 벚꽃 터널은 신문과 방송의 단골 메뉴다
밤이 되면 길을 걷는 이들의 입이 해벌쭉 벌어지고
눈은 휘둥그레진다
길 아래에선 벚꽃에만 화들짝 반하는 것이 아니고
곁에 있는 사람에게도 매료된다
만개한 벚꽃은 번개를 동반한 연인 같다
바람이 비처럼 꽃잎을 한꺼번에 흩날릴 때면
매몰차게 돌아서는 천둥벌거숭이 같다
하얀 세상을 빚은 벚꽃은
사방으로 색을 흩뿌리며 마지막을 고한다
누가 알랴
봄의 만찬이 끝나기도 전에
변덕스런 애인처럼 예고도 없이 밤차를 타고 떠나 버릴지

소풍

소풍 가는 날 아침에 눈을 뜨면
어깨 위에 하늘을 나는 조그만 날개가 생겨났다
세상에 둘도 없는 단짝 친구와 우리만의 세상으로 날아가는
초록빛 숲마저 훌쩍 넘는 날개가 달렸다
풀밭 동산에 드러누워 바라본 하늘은 우리 눈만큼 맑았고
흘러가는 뭉게구름은
빨리 어른이 되고 싶은 우리 마음을 쫓아오지 못했다
삶은 달걀을 두 개 가져온 어릴 적 친구 영희가
봄 소풍을 떠나는 저 아이들의 행렬 속에 함께 걸어간다
옛 흑백사진 몇 장이 화창한 소풍길 뒤에서 흙먼지를 날린다

꽃으로 피는 선생님

사랑스런 것은 언제나 우리 마음에서 살아간다
꽃이 필 때를 기다려 산에 오르듯
싹을 틔우고 커 가는 나무를 보며 지켜 나간다
제철을 알고 저 산에 꽃을 피우는 나무는
누가 뭐라 해도 자신의 길과 생각을 지켜 나가는 것이다
어린 날 금정산 상계봉 붉은 철쭉은 말을 걸어왔다
이제 여기 베란다 화분 가득 자리한 철쭉보다
더 붉게 생각나는 지리 선생님
철쭉은 그냥 그 마음에서 살아간다

정수사 봄

전국 팔도에서 너무 불러대 지친 봄이 시간을 내어
바위에 걸터앉아 흐르는 시간을 지켜본다
바람만이 다가와 살랑살랑 말을 건다
계속 말을 걸어도 대꾸가 없자
바람은 풍경에게 달려간다
대웅전에 걸린 풍경이 빙그르르 돌며 댕강댕강 웃는 소리
를 낸다
아마 지난해에도 일찍 지쳐 여름에게 서둘러 시간을 내어
주더니
올해도 또 그 모양이라고 했나 보다
봄은 이미 꽃들을 만발하게 해 놓고
나뭇가지에도 초록빛이 완연하게 물을 올려놓고서
이마에 보송이는 땀을 닦고 있다
여름이 헐떡이며 산길을 올라오는 것을 본 바람이
얼마 있으면 봄과 여름이 만난다는 소식을
여기저기 전하느라 바쁘다
정수사 경내를 살랑대며 쉼없이 움직이는 통에
바람 끝에도 더운 기운이 묻어난다

진달래

그저 이곳저곳
음지의 빈 구석이나 돌 틈 사이에서
자랄 수 있는 높이와 넓이만큼
자리 잡아 자라다
떠날 때는 혼신의 힘을 다해
온 국토를 붉게 물들이고는
홀연히 이별을 고하는
코끝 찡한 봄

봄에 피는 어깨들

논둑 밭둑길을 걸으면
나보다 먼저 서성이는 소리 쫓아온다
풀썩풀썩 먼지가 날 적마다
고운 빛이 날린다
벗나무 어깨에 앉은 햇볕이
한껏 품을 열고 있다
냇물에도 푸른빛이 어른거리고
수풀도 힘이 꽉 뺐다

산수유

쨍한 햇볕도 아니고
누구 속을 다 비워 낼 시원스런 바람도 아니다
잠시 터 잡다가 가는 노란 봄길 같다
머리끝에서 발끝까지
가지를 타고 천천히 흐르는 희붐한 향기는
천상 뿌연 파스텔 빛깔이다
그나마 그를 살게 하는 건
얼음 밑을 풀어헤치는 강물처럼
넘치지도 모자라지도 않는 숨결
아린 듯 눈길을 피하는 숨은 강단 때문이다
아직 추운지 어떤지도 모르고
이른 봄 등 떠밀려 나온 산수유
부스스 뜬 눈을 어디에 둬야 할지 모른다

7월

거센 장마와 풍파 속에서도 진지함을 배우는
7월의 대화는 초록빛이다
하얀 풀꽃마저 초록 깃대를 세우고
초록 목소리를 내고 있다
큰 것은 큰 것대로 작은 것은 작은 것대로
올망졸망 달린 살구나무는 가는 털을 비벼 댄다
키보다 먼저 가지가 굵어지고
뿌리에 내린 힘도 만만찮다
작은 벌과 쐐기들이
노란 꽃봉오리를 차지하려고 왱왱 아우성이다
빨갛게 열린 뽕나무 아래로
꽃들이 어우러져 후드득거린다

7월에는 언제나 자기보다 먼저 부지런을 떠는 것들이 있다

대숲에 이는 바람

절개라는 게 뭔가
하늘로 곧게 뻗은 대숲의 기세에 바람이 묻는다
신념을 목숨과도 바꾸겠다는 굳센 의지
선뜻 대꾸하는 나를 얼비치는 햇살이 바라본다
늘 주눅 들던 내가
댓잎에 바람 스치듯 이건 뭔 곡절일까
혼탁한 세상에 대나무 화살촉 같은 효과를 선사받은 탓인
게다
시절을 잘 타고나야 한다던가
절개를 지켜야 한다던
어머니는 분명 마디 같은 세월이라 여겼으리라
대숲 사이로 부는 바람이 목덜미를 맴돈다
스삭스삭 댓잎 스치는 소리가
급하게 찾아온 초여름 더위를 저 멀리 쫓고 있다

배롱나무

늦여름 노을이 얼비친 배롱나무를 힘들게 넘기려 한다
갑자기 굵은 빗줄기가 등 떠미는 소리로 요란하다
숨죽여 흠모하던 배롱나무 꽃잎이
여름의 이별이 서 있는 마지막 꽃잎이
파르르 떨어지는 순간
연못은 넓은 가슴으로 와락 안아 낸다
가벼운 몸짓으로 떨어지는 꽃잎 앞에서
햇볕이 크게 한 자나 줄고 있다
이 꽃이 세 번 피고 지면 가을이라지
처서가 지났으니
떠나는 이의 쏟아지는 서운함으로
올해 가을을 더욱 붉게 살게 해 달라는 말이라도
서둘러 해야겠다

단풍 들겠네

산허리를 끼고 오솔길을 오른다
숲속에는 게으른 겨울바람 같기도 하고
가을바람 같은 기운이 어슬렁거린다
오리나무 숲길을 걸어 들어갈수록
한 그루 나무가 된다
몸을 물들이는 나무로 선다
모든 것이 멈춘다
움직이는 것은 오로지 온갖 색뿐이다
색은 색으로 암호를 보낸다
저들끼리 수화로만 술렁거린다

코스모스

찾지 않아도 당신은 거기 있었고
아무 말도 없었습니다
그때 부는 바람에 서로 흔들렸을 뿐
철없던 시절 욕망의 물결이 또다시 울렁거립니다
마른 흙먼지 뒤집어쓰고
바람 부는 대로 이리저리 술렁거리는 코스모스
잠시 당신 앞에 서 있습니다
당신은 내가 등지고 돌아서며
연신 부딪쳤을 때에도
물결 같은 그리움이었던 거 알고 있었나요
귀뚜라미 우는 창가에서 먼 날을 비추는
가을 달빛이었던 거 보고 있었나요
새벽에 잠깐 내린 가을비가
영화 같은 삶의 음악이었던 것 듣고 있었나요

시간의 다리

갈대들은 서걱서걱 소리를 내며
떠나간 가을을 몸으로 알고 가을 끝을 나눈다
바람의 방향대로 쓰러졌다가 되돌아오고
휘청대며 다시 쓰러진다
또다시 쓰러졌다 돌아오고 다시 쓰러진다
언제부터였던가
서로 부대끼는 갈대가
하고 싶은 말을 몸짓으로 대신하고 있음이다
먼저 간 바람의 숨결이 만들어 내는
약속이고 믿음이 거기에는 있다
머리에 인 만추가 무거워 흔들리는 갈대처럼
바람의 떼로부터 뒤쫓는 시간의 다리도 흔들린다
계절을 건너가는 엄숙한 복종이기도 하다

축제

수상하다
소리도 냄새도 끙끙 앓는 진액까지
풀잎이 나무가 바람이
내 곁에서 마르고 있다
신은 그 집의 대지 위에
새 삶이 영근 것
그것들을 축복하는 중
버리는 중이다

홍시와 까치

뒷담 감나무 끝에 가까스로 매달린 까치밥
목젖이 울리도록
침을 잘도 흘리던 동네 떼쟁이들도
금방이라도 녹아내릴 것 같은
홍시를 쳐다만 보고 있었다
짱돌 하나 내지르지 못하는 것은
아이들도 알고 있었다
까막까치 혹여 배라도 곯을까 봐

은행나무 곁에서

늙은 은행나무는 세월이 흐르면서
세상 모든 것이 하늘로 오르듯
빛과 어둠을 인도하는 대지로부터 줄기와 가지를
한 발 두 발 내디뎠을 것이다
그러나 은행나무 앞으로 모이는 사람들에게는
저 고목의 엄중한 희로애락의 뒤안길보다는
좋은 배경으로 사진을 찍거나
넓직한 의자에서 쉬어 가는 것이 훨씬 달콤하다
새해 이른 아침 은행나무 주변은 모두 무채색이다
500년 수령의 은행나무를 대하는 것은
내가 누군가로부터 생의 바통을 이어받고
지금 나에게 주어진 흐름의 파고를 가늠하게 해 준다
하얗게 멈춘 정적의 순간
내가 생각한 무엇이 먼 훗날 누군가로부터
그의 사랑의 흔적이라고 불리기를 소망하며 입김을 불어
본다
눈이 내린다
그 옛날 저 나무를 심은 그 누군가의 어깨에도 눈이 내렸
을 것이다

눈이 좋은 날

쓸어 내고 쓸어 내도 줄어들지 않는 눈
비우고 비워도 없어지지 않는 번뇌
수도승이 내뿜는 입김이 버겁기만 하다
적조암 처마 끝에 달린 풍경도
바람 잘 날 없는 세상만사를 되뇌며
그동안 속세에서 묻은 비늘을 털어 내며
빙그르르 돈다
이렇게 많은 눈은 뜬금없이 오지 않는다
굳어 버린 마음을 눈사람처럼 녹여내는 수도승에게 온다
세상을 살아도 철없는 나에게는 궁시렁궁시렁 내린다

눈길

투명한 얼음가지 끝에서 굽어보는 능선에 서 보면
누구나 말이 없어진다
눈 내린 겨울 산바람을 타고
쉴 새 없이 넘나드는 바람과 안개는 회오리를 일으키고
누군가의 길이 되며 위안이 된
수많은 발자국의 행렬들은
앞사람이 만든 세상과 통하는 길이 된다
뜨거운 입김은 산자락 한 굽이씩을 휘감고
꺼졌다 다시 휘감으며
저마다의 기세로 손을 잡는다
지난 기억이 추위를 털며
내가 밟고 온 길을 돌아보고 있다

나는 앞서간 사람의 발자국을 따라 여기까지 왔다

제2부

그리움의 끝

그리움의 끝

마음에는 그런 그런 풍경이 배어 있지
북한강 물안개가 그날처럼 자욱하게 달라붙는다
해가 구름 뒤로 숨어 버리자
언 강은 파랗게 변하고
산에는 말 못하는 그림자가 두껍다
풍경이 달라지면 마음도 달라질까
저 깊은 안개가 뭐라고 하는지
나만 듣고 있다

알레르기

내 몸속 꺼질 줄 모르는 불이 있어
에덴 시절에 따먹은 사과 한 알
알이 슬지도 부화하지도 못한다
마이신계 피린계 스트레스 꽃가루……
곪아 터지는 독버섯의 포자들이 창궐하는 어지러움까지
이 아픔마저 다 말라 버리고 나면
너에게 보내는 마지막 빛도
향기마저 사라질 것 같아
두렵다 오늘도 과부화의 열꽃은 핀다
백만 송이 장미꽃을 세차게 흔들며
붉디붉게 살 밑을 간질이고 핏물이 뒤엉긴다
수없이 불화하는 내 몸의 수위
그리움의 화려한 현기증이 정수리에 서린다
절대로 속내를 드러내지 않는다는 것
뱉어 내지 않으면 고통스럽다는 것
그래서 꽃은 핀다
그리움의 못난 상처를 너에게 보내는 것이다

공중전화 부스

어떤 몸짓이 떨구고 서 있는
기억할 만한 어느 날, 혹은
이별이 있었던 어느 장소에 남기고 온
흐릿하게 남은 것이 있을 거라고 하는 그런
눈부신 빛으로 거기
피고 지는 진달래꽃과 산나리
내 몸의 주술을 추억하는
그 순간의 폭풍이 그려 낸 것이 흔들리고 있다

네 가슴에 커피 향이

너의 얼굴을 만지며
달뜬 신음 소리로 봄물을 풀어 맹세라느니 하며
붉은 부적을 지닌 귀신처럼 지낸 적 있다
그 허랑한 희망은 떠다니는 부표 같아서
어디엔가 있을 가녀린 그림자 같아서
누구나 더 멀리 가거나 미처 못 가거나 하듯이
이제 나 너무 멀리 와 있다
덧없이 무너지는 가슴을 무어라 부를 수 없어
아득하고 아득해서
까마득한 시간을 밟고 가는
나의 저녁 이 쓸쓸함이
생의 안쪽에서 봇물처럼 터져 나오고
가끔은 울컥 어딘가에 풀어야 할
초라하고 남루한 눈물이 핑 돌아
목울대까지 그렁거리지만
사라지고 떠밀려 가는 멀미를 다스리듯
네 가슴에 코를 박은 그 커피 향
그때 보았던 두 눈 감을 수밖에

감자

햇빛 아래 노출을 한사코 꺼리며 비닐봉지 속
감자의 얼굴엔 눈이 없어 완벽하다
평생을 살아내야 새길 수 있는
미워하지 말아요 라던가
내 가슴에게 미안해 따위의 말들이
솔라닌을 묻어 둔 싹 밑에
그 눈의 입술 아래에 잘 감춰져 있다
아이 같은 마음에게만 전해지도록
숨겨진 귓불에 비치도록
너를 만나서… 너만을… 하는
막 눈을 깜박이고 체온을 부풀리며
숨구멍 하나로 감자들이 숨을 쉰다
내 얼굴도 누군가 안에서 자리 잡아 왔을 것이다
삶을 송두리째 다 바쳐 이곳까지 흘러온
여기까지 걷게 한 쓰라림이 저 아래쪽에 처져 있다
본성을 드러내는 독
푸른 멍이 되살아난다
아린 숙명의 흔적이 들려나오고 있다

천년의 잠

진한 꿈이었다
나비의 날개를 꽃불 위에 부리며
유리구슬 같은 악령이 전류를 타고 흘렀다
불덩이 몸속에는
저항할 수 없는 향기가 천년 동안이나
죽음인 삶을 뒤덮었다
숨찬 계절이 방전의 역에 당도한 것은
바람이 겨냥한 건기의 쓸쓸함이었다
더 먼 발소리 나지 않게 내디디는 사막이
내 몸의 울음을 건너기 시작했다
지쳐 찌그러진 그림자를 가슴에 품고
입 안 가득 모래바람이 일었다
울컥 솟는 신열을 피할 수는 없는지
절정의 끝이 또 다른 암흑인 줄을
몽유의 잠을 건너고 있었다

바람은 추억한다

아침저녁 서늘히 하늘을 받아 내는 호수처럼
포구를 걸어 나가 붉게 물들이는 바다는
수런대는 바람을 키운다
갯벌을 빠져나가 멀고 막막한 길을 내고 있다
누가 역광의 들판을 물결 위에 부려 놓았는지
언제부터 수로를 따라 귓속말과 어우러진
구슬프고 낯선 갈꽃에게
멀리 데려가는 꿈을 끌어다 놓았는지
배는 갈 길을 잃고 멈춰 서 있다
가 버리는 것들은 그냥 가게 내버려 두고
남아 있는 것들끼리 그윽하게 바라보다가
가라앉고 또 함께 흔들리다가
반짝이는 햇살의 뜻 모를 속앓이를
뜨겁고 애틋하게 추억하는 것이다

새벽 무지개

모자 푹 눌러 쓰고
새벽 비 한두 방울 떨어지는 화엄사 가는 길
여명의 푸른 기운이 채 퍼지기도 전에
검푸른 산 정수리에 홀연히 떠 있는
젖은 듯 싸늘하고 습한 저 빛은
세상의 다리를 들어 올린 이쪽과 저쪽에서
어느 이별을 쓸쓸히 건널 것인지
눅눅한 욕망을 포기했을 때
빛 부신 광배의 오색 빛 허리띠가 풀려나가듯
조금 더 슬플 것을 각오해야 했다
잃을 것도 얻을 것도 없이
활활 타오를 것도 없이
순정이라고 우긴 저 빛의 말랑말랑한 끝이
모든 혼돈의 시작일지 모른다는
다리와 바위 벽을 지나는 산골 물소리
돌아보면 너무 외롭거나 적막해 울컥 솟는 것이
금기의 그 무엇이라고 말하지는 않았다

고갯길을 넘으면

하늘은 온통 하얗고 길도 하얗습니다
길마저 보이지 않을 정도니 황망하기까지 합니다
저 눈길을 거슬러 가면
계곡을 따라 올라 상수리나무 숲을 지나
고갯길을 넘어가면
패랭이꽃도 쑥부쟁이꽃도 지워지고 없겠지요
바람에 흔들리던 새하얀 억새꽃의 서걱이던 몸짓도
눈을 흠뻑 둘러쓰고 숨을 죽이겠지요
나는 오늘 새처럼 눈꽃의 발자국을 따라가기로 합니다
우리의 길을 묻는 저 속 깊은 눈빛들로 하여
그 오솔길 위에도 그날의 촛불처럼
파르르 몸을 떠는 새하얀 눈발이 스치는지 어쩐지

꽃들의 서약

달에는 물과 얼음의 중간쯤 되는 온도
시월이면 옥토끼가 물과 얼음의 꽃을 내게 보내왔다
눈을 감아도 피었다 흐르는 하얀 꽃들은
얼었다 녹기를 반복했다
저벅저벅 허공을 넘어오며 내 생을 기어오르는
불면의 물결은 아름다운 꽃이 되었다
밤을 저어 아침을 맞이한 숲 어귀에서
두둥실 배가 떠나고 나면
달디단 슬픔이 가슴을 치밀어 눈물이 고였다
그 위를 걷는 그림자의 상처도 눈부셨다
밤새 쏟아지던 저마다의 빛 그치는 건
꽃들의 제례의식임을
천지간의 바람과 햇빛을 걷어 낸 어둠과의 동거임을
식지 않은 기다림이란 저기까지
저 단단한 여백으로 들어가 꽃들의 서약을 바라보는 것임을

달밤의 노래

떨어진 나뭇잎은 한없이 어딘가로 불려가고
어깨 위에 내린 눈송이는
처음 만져 본 물방울처럼
무심코 녹아내려 무언가를 스쳐 가겠지
그러다 손을 잡고 걷기도 하다가
마침내 먼 영토의 문간에 서서
안타까운 눈빛으로 밤하늘을 올려다보겠지
뒤를 돌아보며
그저 사소한 운명이라 수긍도 하겠지
아직 만들어지지 않은 노래처럼
누군가의 꿈에서 읽혀지다가 또 잊혀지기도 하겠지만
간절한 어떤 발자국은
깊은 웅덩이가 되기도 하겠지만

동백꽃

매섭고 세찬 바람이 불고
눈보라가 치는 추운 겨울을 이겨 내면서
강한 해풍과 맞딱뜨리면서
꽃으로 피어나는 열정은 간절하다 못해 안타깝다
그 붉음은 무언가를 항변하려 하지만
야릇한 꽃향기도 없이 꾸밈도 없이
한겨울 속에 그대로 서 있다
애절한 사랑을 키우면서
진하고 가슴 아픈 사연에 머물러 있음을
그렇지 않고서야 이리도 추운 겨울에
저렇게 피어 있을 리 없다
절대로 없다

장미

끌어내지 않으면 차라리 곪아 썩을
겹겹이 싸인 잎새
그건 신의 계단을 오르는 몸속의 기다림이다
핏물 가득하도록
단단한 속내를 절대로 보이지 않는 것이
열릴 듯 보일 듯
숨 모으는 입술로 그리워하는 것이
밀착과 회전으로
가슴이 북소리로 쿵쾅거릴 때에도
입안에선 혀를 부풀려
열꽃의 무늬를 피워 올리는 것이

노란 장미

다만 그리움 가득한 대지를 끌어당겨
사무치게 꽃을 피우는 일
맑은 밤하늘의 달빛 울음에 닿았군요
빈혈 같은 가슴이 나부끼는 동안에도
총총한 별들은 운행을 계속합니다
헛바늘이 돋도록 열어 품은 가시는
갸냘프게 빛나는 그 입술의 그늘이었나요
노오란 수액의 춤이 하늘거리네요
그 향기는 진정 살아 있는지
행복한지 아닌지
지층 어디에 닿은 적은 있었던가요
홀연히 다가온 얼음 같은 환영은 아닌지요

흑장미

겹겹이 속속들이
오뉴월 염천을 다 태워
붉은 담벼락 가시로 딛고 넘어
기어이 터트리는
불륜 같은 난해한 생
태양이 쏟아 낸 어둠의 눈빛으로
낡은 가판대에 설화처럼 꽂힌다

진주

깨우지 마라
글라디올러스와 흰 백합
슬픔을 꽃들에게 보이고 싶지 않아
쓰라린 눈물이 떨어져서 구르면
꽃들이 금방 시들 테니까
들여다볼수록 귀히 여긴 그때처럼
결핵체의 은밀한 괴로움을
나는 꽃들에게 전하지 못하겠네
누군들 의심했겠는가
고뇌하며 몰입한 반투명의 광택이
정신과 몸의 집이 일치하는 신비였음을
나는 꽃들에게 아픔을 숨기고 싶네
작은 비밀 하나에도 가슴 두드리며
꽃들이 울 테니까

진달래 춘향

불붙는 그쪽은 돌아보지 않을 거라고
한 해 봄쯤은 잊어 볼 거라고
얼얼토록 내장을 비틀어 댔어도
역병의 불길처럼 파랗게 길을 트는
저 능선을 그냥 따라왔어요
꽃샘바람 돌부리를 무릅쓰고 왔어요
겨우내 이 길목만 바라보고 살았어요
부끄럼, 부끄럼이나마 말해 보려고
꿈에서만 살았던 것을요

꺾어진 난

진홍의 뜨거운 삶을 펼치던 것도 잠시
파국의 불안한 여정을 끌어안고
서서히 시들어 소멸의 그림자를 남기는 꽃잎
외면과 무관심의 틈새에서
떨어져 쓰러지는 낙화의 향기 같은 건
애초에 꿈꾸지 않았던가
어떤 힘으로도 말릴 수 없던 생의 화려한 순간도
때가 되면 지친 몸 알아서 가야 하는
태초에 잡힌 절망과 좌절도
언젠가는 버려지고 사라지는 것
믿기 싫지만 그래도 믿을 수밖에 없는
그렇게 상처를 안고 떠밀려 가는 것이

사랑의 진실

영하의 기온과 적당한 습도와
바람이 불지 않는 쾌청한 날씨의 고지대
그 터널을 다 지나야 겨울 찻잔에 온기가 돌 듯
딱 한번 따뜻한 마음을 줍니다
아름다운 꽃이 금방 시들 듯
한 줄기 햇볕이 들어서면 그마저 순식간에 사라지는
아주 까칠한 모습입니다
까다로운 조건을 승화시켜 간신히 맺히는
지상의 서리꽃 상고대
잠시 모습을 보여 주곤 금세 사라지는
냉정한 연인의 뒷모습 같은 야속한 만남입니다
그래서 더욱 아쉽고 안타까운 목가입니다
스쳐 지나가는 나뭇가지 꽃에서 발견하는
홍역처럼 뜨거운 꿈
냉철한 사랑의 진실입니다

제3부

메밀꽃이 소설처럼

메밀꽃이 소설처럼

너른 대지 위에 만발한 메밀꽃 끝이 보이질 않는다
이 길을 걷던 허생원은
가도 가도 보이지 않는 자신의 인생길을 떠올렸을 것이다
봉평에서 또 제천으로 배웅하는 메밀꽃을 보며
고개를 두 번 넘고 개울을 건너
달빛 80리 길을 걸으면서 허생원 동이 조선달
세 장돌뱅이가 모난 돌을 발부리로 툭툭 건드려 보는 소리
까지
고추잠자리 떼로 몰려다니며
장꾼들이 빠져나간 빈자리를 채워 앉으려 바쁜 것도
바람이 차지면 벌들의 날갯짓에 헛바람이 돈다는 소식도
봉평 메밀밭 가운데 서서 다 들었을 것이다

소금 창고

염전은 바다가 잠시 쉬어 가는 휴게소다
느림과 기다림의 세월을 견디며
제 갈 길을 꾸준히 걸어
제대로 맛을 내는 마지막 결정체를 이룰 때
바다는 그 댓가로 소금을 주고 간다
허영과 거짓이라는
비늘 혹은 티끌들을 허공 속으로 다 날려 버리느라
염전에는 뜨거운 바람이 분다
사막보다 더 뜨겁고 습한 바람에 숨이 턱턱 막힌다
마침내 작열하는 태양의 비린 맛과 갯내가
허옇게 묻어나온다
두고 간 속삭임
함께 살아온 바다의 실체를 소금 창고는 가두고 있다

고랭지 배추밭

정처 없는 바람을 모아 함께 살자고 했다
바람도 마음먹고 정 붙이며 산 지 몇 해가 되었다
첩첩 봉우리 매봉산도 쓸모가 있을 거라 생각하고
그 산자락에 빛을 닮은 배추를 심었다
마음을 다 모았더니
지나가는 구름이 비켜 주고
산을 돌아드는 바람이 시원스럽게 불어 주었다
땅에서는 푸른 배추가 튼실하게 자랐다

정 붙이고 살면 사는 게 다 비슷하다는 어르신 말씀이
하늘이 가까운 배추 바다에 꼭꼭 박혀서
우거진 숲이나 꽃밭도 없는
동해바다를 닮은 배추들의 푸르른 정경에
달려오던 초록 바람도 입을 다물지 못했다

이끼

얼마나 흘렀을까
그들이 함께 모여 살기 위해서
낮은 포복으로 생명의 힘을 전달한 시간은
살아 있음을 입증하는 중저음의 낮은 목소리는
바위를 타고 흐르는 가느다란 물줄기와
뭔가를 소통할 수 있는 모든 빛을 초록으로 바꾼다
서로서로 손을 잡고
밤낮으로 어깨와 어깨를 맞대고 초록으로 감싸며
그들끼리의 세상을 만들고 있다
흘러내리는 물줄기를 버티기 위해서 그들은 늘 그렇게
언제부턴가 함께 꼭 부둥켜안고 있었던 것이다

고래를 꿈꾸는 강

강은 협곡을 건너면서 때로 사나워지고
쉴 만한 곳에 이르면 고기 떼가 노니는 소를 만들었다
물줄기가 휘도는 언덕 부근에는 자작나무 군집을 허락하고
잎을 버린 겨울나무에게 봄의 습기를 기약하고 있었다
강은 바다에 닿을 때까지 흐름을 멈추지 못했다
강변에 갖은 풍경을 만들면서도
그것들의 진화로부터 힘을 수유 받아 다시 흐를 것이었다
흐름이 삶의 여정이듯 따라오기 때문이었다
어느 마을 부근에서 마주친 개울이
몸을 가둔 창살을 빠져나와
고래를 꿈꾸듯 길동무가 되어 따라붙는다면
일부러 찾아 나선 죽음보다 가혹한 존재의 끈도
딱히 두렵지만은 않을 것이었다
꿈꾸는 강은 설레임이었다

번개

보이지 않는 공간과 순간의 뒤쪽에서
간절함과 안타까움이 만들어 낸 틈이 있다
그는 존재하지 않는 그 틈을 통해 들어오는 것이다
어떤 존재보다 우월한, 그러나 열정은 뜨겁고
팍팍하고 가파른 처지로 증폭한다
그만이 가야 하는 길이다
모든 신경세포들을 일제히 터트린다
빛은 우주의 입자들을 뚫고
세상의 첫날처럼 환하다
지상에서 직립보행하지 못하는
여기가 그의 집이라
현실 밖으로 길을 내고 있다

시간 여행

수많은 잎 사이에서 팔랑이는 소리가 들리는가 했더니
꿈인 듯 몽상처럼 팔다리를 곧게 늘어뜨린 채
광속으로 구르는 나이테 속으로 순식간에 빨려 들어갔다
거기 홍해에서 신발을 버리고 물결을 따라
내리쬐는 태양을 받으며 오래오래 걸었다
바닷속 벼랑을 돌고 후미진 계곡을 돌아
칼처럼 빛나는 산을 넘고
천 길 낭떠러지에서는 두렵고 숨찬 어둠을 눌렀다
노랑가재미와 원뿔삼치 곁을 유영하며 아가미도 열었다
산호초 너른 꽃밭은
톡톡 쏘아 대는 목덜미를 더듬어 휘파람을 불었다
언젠가 만났던 온갖 빛깔의 무늬와 천연의 돌들이
이마에 부착된 프리즘을 통과하자
검고 희미한 심해의 빛을 지나면 보일 것이라고
거기 가면 보일 것이라고 소라고둥이 말했다
너무 멀리 간 분홍빛 배꼽이
팔뚝만한 낙지 다리에 걸렸을 때는
오일 달러와 펩시와 인샬라를 외치며
짙은 눈썹의 모랫바람이 일었다
삼십여 년 전 샴이와 라시드가 심은 야자나무 그늘의
신기루 마을에는 아무도 살지 않았다

오리발과 작살이 먹물을 일으켰을 뿐 모두가 적막했다

째깍거리는 시간이 먼 곳에서 돌아와

잔털을 날리며 열사의 도시 젯다를 삼키고

낙타와 양치기 소년을 앞세우고

죽은 오아시스를 지나

빛의 혼을 불러 검푸른 바다를 건너고 있었다

비뚤어진 기억을 잡으려는

아라비아 사막의 짜디짠 염기 때문에

눈과 코가 튀어나오고 내장이 뒤집혔다 순간

은행나무 태풍이 꿈을 휘저으며

팍팍한 삶 속으로 실팍한 엉덩이를 흔들어 내동댕이쳤다

머리를 흔들며 후들거리는 다리를 추스르자니 매운 눈물
이 났다

열무밭 너머에서 쉰내를 풍기는 몇몇과 칼국수 집과

호객하는 엿장수의 우스꽝스러운 몸짓이 먼저 눈에 들어
왔다

온몸의 수분이 굵직한 가지 사이로 증발하는 동안

뜨거운 햇살이 장수동 은행나무 밑둥치를 더듬어

구멍 하나를 메우고 있었다

종마 목장에서

넓은 초지가 시야에 펼쳐지는가 하면
교배를 위해 들여온 암말과 새끼 말들이 한가로이 풀을 뜯고
있다
흙을 차올리는 네 다리는 미끈하고
바람에 흩날리던 갈기도 차분하게 가라앉아 있다
세상 물정 모르고 앞만 보고 달렸을 저만한 길쯤은
누구에게나 있겠지만
그들 종족이 내달리던 더 넓은 광야는
지금쯤 어느 경계에 머물고 있을 것인지
명마의 후손인 씨숫말 네 마리를 빼놓지 말자
프로포슈어, 사일런트워리어, 디디미, 타임스타들이
마장 뒤 깊숙한 곳에서 화려하고 멋진 일가를 뽐내고 있다는
것을
거기 경주 경력과 명확한 족보가 명시되어 있다는 것도
경주마들이 출발대의 문을 박차고 나가는 순간
상대방을 제쳐야 하는 공간은
관절과 말굽이 닳도록 뛰고 또 뛰어야 하는
아무도 읽을 수 없는 생존이라는 것도
군더더기 하나 없는 매끈한 몸매의 경주마가
은사시나무 울창한 오솔길을 따라
말총으로 발등을 치며 광속으로 뻗어나가는 길의 뒤가 보인다

나만 그런가

초록 풀밭이 드넓게 펼쳐진 목책의 샛길을 한가롭게 걸어
보지만

전력을 다해 세상 밖으로 질주하려던

광기에 빠진 쾌감을 미쳐 나 자신에게도 믿을 수 없어 한다

철새는 날개로 날지 않는다

철새가 사는 하늘엔 바람이 흐른다
추억을 물어 가고 바람을 몰아가며
시간을 흐르게 한다
저만치 쩍~쩍~ 겨울 끝자락 깨지는 소리가 들리면
저들의 불안한 수다는 잦아진다
달랑 빈 몸에 의지해
만리타향으로 떠나는 일이 걱정인 것이다
동토의 무거운 겨울을 물고
험난한 여정을 영위하며
자연으로 나아가야 하는 것이다
깃털 몇 개 정표처럼 품어 안고
저 먼 남쪽 나라로 찾아가는 건
세월이 철새의 비행만큼 빠르기 때문이다
철새는 먼 길을 날개로 날지 않는다
그 많은 시간 동안
창공에서 여유롭고 아름다운 군무를 추게 하는 건
물과 바람이다
그래서 그들은 내년에도 다시 돌아올 수 있는 것이다

꿈은 가면을 쓰고

어제도 오늘도 가면을 쓰는 꿈을 꾸었다
언제부터 시작되었는지
어디서부터 만들어졌는지
무엇 때문에 만들고 쓰기 시작했는지
형태와 재질에 따라 다른 용도로 나타났다 사라지곤 했다
즐겁고 기쁜 순간에도 다양한 형태의 가면은
언제나 불안과 걱정으로 휘몰아쳐 왔다
바로 내 속에 든 두려움 경이로움
가당찮은 욕구와 숨기고 싶은 치부도 거기 있었다
나를 괴롭혔던
다른 누구도 아닌 바로
나보다 더 나를 사랑하는 텅 빈 바람이
참고 참았던 감정이 폭발하는 순간
가면에 가린 나, 내 얼굴이 덮쳐 왔다

맑은 하루

오늘 장사가 만족스럽지 못해도 걱정하지 않는다
어제보다 장사를 잘했다 해도 마음에 두지 않기는 마찬가
지다
하루를 백년으로 살 수는 없다는 거다
질 좋은 물건을 좋은 값에 샀어도
농사에 애를 태웠을 농부를 생각하고
내 물건을 다 팔고 나서도
이웃 자리를 봐서 서둘러 일어나지 않는다
김장철만 그렇겠는가
언 손 채 녹기도 전에 깊이 패인 손자국이
수십 년의 세월 거기에 얼룩져 있을 것이고
밤이 더 이상 낯설지 않게 낮보다 화려한 어깨를 폈을 것
이다
몸을 녹이려고 피운 드럼통 불에 장작 몇 개가 더 던져진
다
파란 불꽃이 튀는 소리처럼 새벽을 기다리는 농산물 시장
으로
맑은 하루가 풀풀 걸어오고 있다

새벽 시장

경매가, 전쟁이 시작되는 것이다
허어— 우~루~리~어~자
도무지 알 수 없는 주문이 구내 창고를 연이어 울린다
중매인들은 본능적으로 단말기에 희망 가격을 눌러 댄다
낙찰은 찰나에 끝나고 드넓은 창고에는 희비가 엇갈린다
고성이 여기저기서 터진다
좋은 물건을 싸게 구입한 기쁨과 놓쳤다는 아쉬움이
벌건 고춧가루에 무채가 비벼지듯 버무려진다
여기서 이런 시비는 그냥 삶이다
낙찰된 배추는 도소매상들에게 되팔리고
바로 소형 트럭이나 승합차에 실린다
옮겨 싣는 작업은 일개미 아주머니들 몫이다
서울 어디를 향해 배추망 수백 개가 시장을 빠져나가자
여명은 오래된 새벽 인기척과 자리를 바꾸며 그들을 좇고
있다

자갈치 시장

경매꾼들의 부산스러운 몸놀림에
이른 하루를 시작하는 거친 숨소리가 여기에는 있다
생선을 사고파는 사람들의 목청 높은 흥정 소리도 가세한다
시장의 분주함도
시장을 찾는 사람들의 반가움도
붉은 태양이 떠오르기 전부터 절로 뜨거워진다
거대한 몸집의 개복치며 영덕에서 공수해 온 살이 꽉 찬 대게며
천하일품 돌문어에 갯장어까지 신바람이 절로 난다
뜨겁고 힘찬 생명은
횟감에 버무린 한 접시 초고추장에도 벌떡인다
찬바람 속 자갈치 시장 열기는 그냥 그대로 본능이다

바람 끝에 눈썹 털

이른 아침부터 흑산도 전체가 들썩거렸다
빙긋 웃고 있는 표정의
크고 넓적한 물고기가 꿈틀댔기 때문이었다
손짓 눈짓을 교환하는 이들의 입가엔 흡족함이 가득했다
물컹 흑산 바다가 한입에 들어왔다
찰진 바다의 싱싱함이 코끝으로 올라와서
바람 끝에 눈썹 털이 휘날렸다
겨울 홍어가 올라오고 있었다

만만한 거시기

몸도 작고 맛도 없는 수치를 무시하는 암치는
좀체 몸을 허락하지 않았다
암치가 먹이 때문에 미끼에 걸려 옴짝달싹 못하는 순간
수컷은 이때다 하고 달려들었다
암치를 탐하다 그만 잡혀 버리는 수치의 서글픈 운명
그 짓거리를 보고 음을 탐하는 자의 본보기라며
혀를 차는 어른 말씀도 계셨다
길쭉한 생식기가 두 개나 늘어져 있는 것이
그저 모자란 수컷의 비애라는 둥
만만한 홍어 거시기는
때마다 수컷의 수치스러움으로 하여
패대기를 쳐대는 겨울 매운 흑산 바다에서도
거시기 오명은 도무지 씻기지 않았다

차

비가 부슬부슬 내리는 창가에 기대서서
서두르지 않는 심신을 예로 대하며
깊이 가라앉히는 한가한 건달을 기다린다
찻잎 베어 물고 향기처럼 올
그 물소리 하염없이 듣고 있다

커피 에스프레소

가장 쓰디쓸 때
바로 그때
단숨에 느끼는 독백이다
기구를 타고 세상을 건너는
까마득한 향기처럼

꿈 많은 돼지

늘씬하고 육감적인 얼짱, 몸짱들이 활개 치는 세상에서
나는 돌아서면 기가 죽고 땀땀이 쓸쓸해진다
금덩이 복인들 견뎌 낼 수 없음을 알아차린 비개와 살덩이가
입을 틀어막고 싶은 주된 이유 중의 하나지만
그러나 쉿 쉿
돈짝이 그대 어깨 위로 툭하니 떨어지는 재수 꿈 하나로
나는 언제나 인기짱이다
느닷없이 그대 앞에 쏟아 내는 대박 로또처럼
금돼지로 등을 굴려 세상을 실어 내는 둥그런 모습으로
영원히 존재하고 싶다는 것을
나를 안아 가세요 횡재를 드릴께요
누구라도 가끔은 그리고 싶은 법

황혼의 블루스

30대 초반
마케도니아 지사 대우자동차 과장님

"지난봄에 귀국해 보니
속도라는 것의 무게 중심이
다달이는커녕 자고 나면 튀더군요
리얼리티에서 사이버로
문자에서 영상으로
영혼의 영역까지
인식의 변화 폭이 장난이 아니더군요
디지털 세대의 가치관 따라잡기에 숨이 차요
우리 같은 아날로그 세대론요"

포크레인 앞에서 삽질인가
아날로그, 디지털?
이건 뭐 잘난 체를 독으로 하는 건지
적개심에 불타는 황혼의 블루스

제4부

생선찌개

생선찌개

어머니는 늘 찌개 냄비 그 영토에 사신다
우리가 매콤하고 비린 생선찌개 곁을 떠나지 않았거나
어머니가 늘 그 곁을 떠나지 않았거나
분명 어릴 적 밥상에는 어머니와 생선찌개가 함께했다
그게 없으면 밥상이 밥상 같지 않았다
갖가지 재료와 양념들이 모여
한 냄비 가득 저들은 저들끼리 모여
버거운 삶을 감사하는 식솔들이 죄다 모여 뜨거운 찌개를
맞았다
십리 등굣길, 집으로 돌아오던 길의 빈 양은 도시락 소리도
빙긋 도는 긴 목의 노래처럼
나날이 때마다 끓여 내던 어머니 손맛을 기다리며 뜨겁게
찰랑댔다
찌개 냄비는 고향의 배경으로 언제나 살아 있어
오늘도 나는 지겹지 않게 생선찌개를 끓인다
쓸쓸하지 않게, 그렇게 크지 않게 어머니 냄새를 부른다
어머니 솔밭산으로 가신 지 30여 년
찌개를 끓일 때면 얼마나 자유로워지는지
늘 그동안 그랬음을
어머니 손맛에는 지금도 김이 서린다

어머니 가시던 길

굽돌아 돌아간 그 길에
잎들이 진다

산을 높이고
강을 넓히고

놓아도 잡힐 듯
돌아보고 돌아서던 길

눈 먼 걸음걸음
눈물이던 그 길에

물빛조차 서러운
풀벌레 운다

푸른 호밀밭

독일 프랑크푸르트 외곽에는 푸른 호밀밭이 지천입니다
자동차를 타고 가도 가도 맥주 원료인 호밀밭입니다
내리쬐는 햇살이 뜨겁기는 하지만
어느 사이 돌아서 버리는지
구릉과 산비탈 끝자락까지 비구름에 음산해집니다
까마득히 밀려오는 무채색 하늘이
호밀밭에 내릴 때면
뜬금없이 어머니 이국땅으로 들려나오고
차창 밖으로 빗방울 같은 눈물을 찍어 댑니다
인성문 고개 지나 청보리밭으로 걸어가는 어머니
아무 표정 없이 휘적휘적 산으로 가 버리는 그 모습 그대로
하얀 혼이 춤을 추고
꽃무늬 양산과 흰 고무신이 놓인 그 곁에선
수꿩이 놀라 날아오릅니다
붉디붉은 창꽃이 온 산을 이리저리 철없이 뛰어다닐 때쯤
아까시 향기도 일어서겠지요
이제 묵언의 그 눈빛은 인불처럼 멀기만 합니다
가슴 저린 그리움과 미안함이
오래된 필름처럼
명장동 시절을 거슬러 푸른 호밀밭에서 돌아갑니다

꿈길

어머니
먼 시간
먼 나라를 지나온
빛의 아이처럼
나무들이 곱게 물들었습니다

꽃잎 사이로 떠오르는
이슬방울은
수십 년이 지나고 나서야
그렁그렁 눈물에 닿겠군요

아버지 잠드신 날 어머니 구름꽃으로 피다

아시죠
제가 이곳에 합장하고 서서
가장 크게 쓸어 담아야 할 것이 무엇인지 알고 계시죠
이곳 지리산 적조암까지 달려온 자식의 마음을 알고 계시죠
아버지 손끝에서 평생 묻어나던
잡다한 애증을 다 증발시키면
삶의 번민을
욕정을 다 날려 버리면
마음 짓는 일 할 수 있는 건가요
수차가 돌아가고 또 돌아가서
마지막 남은 사랑을 만들어 내려는
평생 어머니 묵언에 가라앉은 결정체가
어머니 인생의 하얀 사리가
지금 제 앞에 펼쳐질 건가요
아버지
욕망의 그물을 다 걷어 버리고
한 세상 조용한 맘으로
제가 이곳까지 온 것 맞죠

미숙이 상추

시간의 호수에서 피어나
잎푸른 연꽃을 밀어 올렸을 텃밭에서
토마토 가지 오이와 푸성귀들의 이름을 지으며
밭고랑 언저리에서 잡풀과 애벌레와 꿀벌들의 잉잉거리는
소리들이
빛의 얼음처럼 춤을 추었을 게다
종아리를 스치는 이슬이 키재기를 하던 기억과 함께
푸르름이 꼬리를 물고
새끼를 치고 새끼의 몸을 기르는 힘을 온몸으로 느꼈을 게다
창원에서 여기까지 생명을 싣고 택배에 시달리며
바람과 함께 태어나고 죽은 한 탯줄을 붙잡은 영혼이
겹겹의 잎 사이에서 숨을 쉬었을 게다
자매의 온정을 입 크게 한 움큼 삼킬 때마다
그렁그렁 눈물이 소리를 지른다
꿈틀거리는 신화들이
하늘에 펼쳐진 별들의 밭고랑을 건너면서
동래 복천동 마당 넓은 집 늙은 감나무처럼 넘실댄다
담장을 기어오르던 넝쿨장미 향내에 흠신 취하고 있다

돌아갈 수 있다면

온통 단풍이던 산비탈
평산 지산 마을
열여섯 살 신열의 고갯길로 오르겠네

새빨간 개옻 단풍
홀연히 뛰어가 그냥 꺾어 품었던
그 불씨 쟁여 숲으로 들겠네

이슬만 먹고 살던
내 어린 처녀
열꽃의 부푼 알몸 소리 죽여 떨리겠네

어깨를 툭 치는 늦가을 잎새
가슴에 골이 패던 첫정의 설렘으로
길을 잃어야 하겠네

제주도 1
―신들의 한라산

북태평양과 아시아 대륙의 길목에 있는 한라산은
반도의 파수꾼 노릇을 톡톡히 하고 있다
해마다 여름이면 북상하는 태풍의 진로를 막거나
인근 바다로 방향을 틀게 해
피해를 최소화하는 역할을 직접 몸으로 부딪쳐 해낸다
태생이 활화산인지라 큰일 앞에서 버럭 일어나는
용맹함을 말없이 몇 백 년 동안 보여 줬다
한라산 정상에는 여름에도 세찬 바람이 분다
날마다 신들이 불어 대는 시퍼렇게 살아 있는 바람이
제주도 전역으로 분다
그 바람으로 제주도가 생생 살아서 펄떡인다

제주도 2
―유채꽃

봄에는 유채 가을에는 고구마라는 말이
연신 을씨년스런 봄을 만든 적이 있다
그래도 세월이 지나니 봄나비 날아들었다
먹을 것도 없이 바람이 알아서 키우는 대로
그렇게 험하게 키웠어도
눈에 넣어도 아프지 않게시리
봄이면 봄마다 남 먼저 씨를 퍼트리고
일찌감치 바다 건너 봄물을 날아다 주었다
제주도가 키운 바람처럼 유채꽃은 봄마다 맴맴 돈다
눈물겹도록 진한 빛이 돈다

히말라야를 추억하며
―대청봉에서

푼힐 전망대에 오르니
여명으로 드러나는 히말라야 연봉들이
일제히 눈앞에 펼쳐졌습니다
눈덮힌 에베레스트를 매일같이 비추는
상서러운 빛도 웅장한 자태도
히말라야 허리를 휘감은 고산의 안개도 장관이었지요
열정과 용기만을 주섬주섬 챙겨 떠났던
네팔의 실제 종착지도 멀지 않아 보였습니다
사투를 벌이듯 나름대로의 무용담이 생생한 전투 같았지만
남다른 시작이 준 영원한 추억이랍니다
격랑을 치는 듯한 숱한 시작과
그 거리는 시간을 가늠하는 줄자 같습니다
설악산 대청봉에 세운 나 자신을 향한 햇살이
오늘따라 유난히 환하게 피어납니다
붉디붉은 신새벽의 기운 때문이라는 것을
잠시 빠져든 히말라야 기억이 일깨워 줍니다
회상형의 내 얘기 속에 당시의 추억이 초대되었다는 것을
슬그머니 눈치채게 되었기 때문이랍니다

소매물도

매물에는 뭐하러 가십니꺼
아무 먹을 것도 없는 빈집인데예
저 섬은예
마 배가 고파서 사람이 못 살던 곳입니더
오죽하면 메밀로만 끼니를 이었다고 해서
매물이 되었겠십니꺼
내도 봄이 되면
거기 묻힌 조상을 만나러 한 번씩 갑니더마는
갈 때마다 마음이 편치 않아예

막막한 소매물도 해안가 양지바른 절벽에는
쌉싸래한 등대꽃이
귓불이 먹먹한 바람을 꿰차고 봄 향기에 취해 있었다

실미도 1

이제야 기껏
산언덕을 헤치며 고향 어귀를 배회하듯 하지만
정작 자네를 그리워하지 않았던 건 아니네
해변을 등지고 친구의 실종된 무덤을 찾던
남자의 담배 연기를
수평선과 산과 바다가 가만히 껴안아 주고 있었네
골 깊은 비밀은 작은 바람이 손사래로 막고 있어
세상에 널리 알려지지 않았다고 해서
저 싱싱한 청솔가지까지 흔들어 댈 것도 없겠다 싶네
꼬리를 잃어버린 섬
그 흔적만 포근하게 받아 누그러뜨리도록
차갑게나마 바닷바람으로 더듬어 주시게
가끔 찾아오는 초대받지 않은 황혼의 사내까지
때로는 독기의 뱀꼬리를 잘라 세울 듯
국사봉에서 급하게 뛰어내리려 하지만
저들 그렇게 미더운 성깔로 견디는 것이라네
살아서 어떻게든 쓰러지지 않으려 했던 묵은 혼들이
제 몸 위해 뭇 한 번 한 적 없지만
파도는 아득한 바다 끝에서 조용조용 발끝을 적시고
슬픔의 기미를 자처한 안개는
모든 상처를 가려 주느라 끈기 있게 주위를 감돌고 있을
것이네

실미도 2
―키스

섬은 좋아
적막해서 좋아
사람 하나 없이 혼자 있어도 좋아
방파제에 앉아 카스 하나 들고 보니
점 하나 빼면 키스
수평선 바라보며 첫 사랑과 입맞추는 이 맛도 좋아
이틀을 비가 왔는데
오늘도 온종일 비가 오는데
그래도 좋아

운주사 1

누워 있고 서 있는 돌들로 가득하다
꿈꾸는 빛도 생각도 지우고
눈을 가리고도 고여 드는
물처럼 흐른 자리에 스민다
영겁을 이어 갈 산 끝에서 들 끝에서
고요하고 맑게 웃고 있다
길한 징조의 평화가 무엇인지
헤아리지는 못한다
안개비 또한 그 묵언의 끝을 말하지 않는다
아득한 솔향기
저 홀로 먼 고원을 달리고 있다

운주사 2
―바위

평생 일군 태초의 그곳으로 돌아간 듯
바람 버석거리는 산기슭에서
엎드리지도 눕지도 않는다
언제 적부터일까
구르기를 포기한
막막한 생을 드잡이할수록
고뇌하며 울까 싶은

묻지도 답하지도 않는
개울물 소리 느리고 잠잠하다

운주사 3
―공사 바위

겨울 지나 봄으로 가는 길목
화순 운주사
천지개벽을 염원하던 전설은
생각이 너무 많은 떠돌이 밀교자의
푸석한 미련으로 여전히 남는다
폐사지에서 폐허 그대로의 느낌
태곳적 믿음부터 뿌리를 자르기 위함인가
돌아온 탕자처럼 터벅터벅 배낭 하나 짊어진
길의 입구는 넓고도 좁다
신비하기로는 실비 내리는 안개 속에서
돌아앉아 있는 돌의 마음
조용히 앉아만 있다

안개
—가거도

어둠이 서성대는 후박나무 숲을 지나왔다
혼돈이 습기를 머금고
한 치 앞을 분간할 수 없는 벼랑 아래에서
희고 뽀얀 결의 바다로 잦아들고 있다
숨 쉬는 일조차 황홀해하며
부드럽게 시야를 가리는 정적의 시간이다
세상에 없는 훈김으로 귓불의 잔털을 쓸어 주는
젖내 같은 말없음표
섬을 누이고 있다

배경숙은 시인이자 소설가이며 동시에 여행가이다. 여행의 출발은 밝음과 설렘과 희망으로 가득 차 있게 마련이다. 그래서인지 배경숙 시인은 국내는 물론 외국의 새바람 소리를 몰고 다닌다. 그는 여행가답게 사물을 인식하는 시 세계 역시 어둠보다는 밝음 쪽, 좌절보다는 희망을, 부정보다는 긍정 쪽으로 문을 열고 있다. 이는 문학과 여행이라는 순수의 두 공간이 만나 탄생시킨 배경숙 시 세계의 배경이 되고 있다. 전반적으로 사물을 바라보는 건강한 이러한 시 정신은 삶의 전반을 통하여 가장 행복하고 가장 선한 마음의 빛나는 보석이며, 결국 인생은 감탄과 희망과 사랑으로 산다는 말에도 걸맞다.

_김원각(시인)

　배경숙 시인의 시는 사유의 세계로부터 우리가 그리워하는 모습들을 새롭게 조명하고 있다.

　'어머니 솥발산으로 가신 지 30여 년/ …… /어머니 손맛에는 지금도 김이 서린다' 는 미각과 시각, 그것은 체험된 과거의 공간에서 떠나온 것이 아니라, 머물러 신선한 채색으로 형성되어 있다는 것이다. 또한 어머니를 향한 그리움을 배경으로 '……꽃잎 사이로 떠오르는/이슬방울은/수십 년이 지나고 나서야……' 눈물에 닿는다는 시간의 인식이 섬세한 감각으로 공감을 지니게 한다.

　이러한 그의 시가 보다 소중한 가치를 보여 주는 것은 일상의 성찰이 아름다운 서정으로 빛나고 있기 때문이다.

　_김 현(시인)

삶이 곧 시가 된 배경숙 시인을 말한다

나는 시를 잘 쓰는 시인보다도 시인답게 사는 시인들에게 더 호감이 간다. 좋은 시 한두 편 썼다고 해서 목에 힘이나 주고 거들먹거리고 다니는 시인들을 보면 나도 모르게 고개가 돌려진다.

배경숙 시인은 시인다운 멋과 향기를 풍기며 시처럼 살아가는 시인이다. 여행을 좋아하고, 사람을 좋아하고, 새로운 것들에 대한 호기심과 동경에 늘 들떠 있는 시인, 그런 동심 같은 순수함 때문에 그의 이름은 나의 문인수첩 맨 앞줄에 자리 잡고 있다.

배경숙 시인은 가슴이 활화산처럼 뜨거워 언제 보아도 몸이 바쁘고 생각이 바쁘고 말씨까지 바쁘다. 가슴이 뜨겁다는 것은 가슴에 분출할 것들이 넘쳐 나기 때문이다. 그녀는 이런 것들을 여행 속에서 새로운 환경과 새로운 사람들과 새로운 풍물을 만나면서 삭히고 시와 소설과 기행문을 쓰면서 녹여 가고 있다.

가끔은 헐벗기 위해
섬을 찾는다
내가 잊은 것
모자란 것
버린 것
더 사랑할 것을 위해
돌아가는 길을 위해
섬을 찾는다
―〈사랑할 때 섬이 된다〉 전문

　배경숙 시인은 자신을 낯선 세계에 던져두고 혼자가 된 자신을 관자적 시선으로 살피며 보다 깊이 있는 생의 해답을 얻으려고 한다. 얼마나 여유로운 삶의 자세인가 이런 자유분방함이 곧 시의 정신이며 시인다운 생활이 아닌가 싶다.
　그러나 이런 생활은 아무나 누릴 수 있는 것이 아니다. 자신이 안주해 있는 둥지를 과감하게 박차고 나설 수 있는 용기가 있을 때만 가능하다. 그런 점에서 배경숙 시인의 아무것에도 구속되지 않는 뜨겁고 자유로운 삶이 더욱 돋보이는 것이다.

이번에 상재한 시집은 그에게 여덟 번째 시집이다. 이번 시집 또한 몸이 체험했던 다양한 세계를 거침없는 언어로 자유분방하게 쏟아 놓으리라 확신하며 크게 기대를 해 본다.

_유양휴(시인)

배경숙의 시에는 메마른 삶에 생기를 주고 따뜻한 훈기를 불어넣는 입김이 서려 있는 것 같다. 또한 그가 걸어온 발자국에는 언제나 티없는 웃음이 있다. 그의 시선은 '싹을 틔우고 커 가는 나무'나 '제철을 알고 꽃을 피우는' 섭리를 알고, 사물의 외피를 뚫고 그 너머에 있는 본질에 대한 호기심과 끈질긴 노력의 결실이 이 시집의 특징이라 생각된다.

_차한수 (시인 · 동아대 명예교수)

배경숙 시인의 시에는 지성과 감성이 조화를 이루고 있다. 그 지성과 감성은 자신의 시간이 다 되어 가고 있음을 인정하는 다소 서글픈 정서를 언어적 긴장으로 균형을 주고 있다. '몇 날 몇 밤의 더운 피를 순순히 받아들인 이곳에서/ 별들이 찾던 꽃향기는 언제부터 희미해진 것일까' 아직 시인의 나이 듦에 비하여 언어는 많이 젊은 것인데, 그러니까 시를 쓸 때는 더욱 가는 세월이 느껴질 것이다. 아마도 이러한 언어의 긴장을 놓아 버리게 된다면 정말로 늙어 갈 것 같이 생각되는 것이다. 시인은 무척 활기차다. 수 킬로 정도를 걷고 나서도 숨이 차지 않는다. 그게 다 언어 덕인 듯, 기쁘다. 이러한 지성과 감성의 균형은 시에 있어서 격조 높은 대중성을 이루고 있는 요인이 되기도 한다. 여기서 대중성이란 시인의 시를 읽으면 사과를 먹는 것처럼 몸과 마음에 잘 흡수되는 것을 의미한다.

'당신의 가슴으로 빨아들인 저 꽃잎들의 행진은/언뜻언뜻이 시리게 부서져 내리는 허무한 포옹일 뿐인가/잘 가라, 미소보다 희고 보드라운 시간들' 읽으면 무엇인지 모를 허무가 잔물결 지는 리듬이다. 시 〈봄날은 간다〉의 리듬은 그 흐름이 미묘하다. '다시 또 몇 천년이 눈을 감아 이 길에 설 것인가/당신의 가슴에 박힌 지상의 별자리를 찾아/잎들이 마지막 빛을, 희미한 슬픔을 내리고 있다' 정말이지, 다시 또 몇 천년이 눈을 감을 것인가? 감고 이 길을 걸을 것인가? 이렇게 세상은 지속될 것이다. 그러므로 내가 저 꽃잎처럼 진다고 하여 서러울 것은 없다. '영원히 퇴락하지 않을 것 같던 꽃들이/아름다운 노래를 버리고 무심히 어딘가로 달려가고 있다' 우리는 꽃처럼, 질 때 지더라도 꽃처럼 살아야 한다. 영원히 퇴락하지 않을 것처럼. 그리고 때가 되면 홀연히 노래를 부르며 자리를 떠야 한다. 그 자리에 다른 꽃이 필 수 있게 말이다. 참으로 처연하고 의연한 시다. 이 처연함과 의연함으로 밀려오는 세월도 밀어젖힐 수 있으리라! 왜냐하면 이 처연함과 의연함이야말로 우리의 인생을 긍정하는 힘이니까 말이다.

_최종천(시인)